木洩陽

下

東　幸盛歌集

ふらんす堂

木洩陽・下／目次

歌集

木洩陽・下

第一章

息災の豆

平成二十八年

花りんごまだ青きまま季節過ぎ木枯しに揺れ幽かな音す

平成二十八年一月

梅一輪開きて元旦朝日さしインコは鳴きて雑煮は整ふ

平成二十八年一月

雪囲ひ終へしつつじの枝蔭につは蕗《ぶき》は黄に楚楚《そそ》と開きぬ

平成二十八年一月

冬眠に入《い》りたる樹樹を音高く叩きて嵐は吹き抜けてゆく

平成二十八年一月

穏やかな夢みて朝はさやかなり餌台に稗《ひえ》を多めに置きぬ

平成二十八年一月

幼児《おさなご》も鐘をつきたり過疎の地の古里《ふるさと》の社《やしろ》は人も少なき

平成二十八年一月

雪深く積みたる庭の梅の芽にほの暖かき寒の雨ふる

平成二十八年二月

茶柱のたつを双手《もろて》につつみゐて甘き芳りを大きく吸ひぬ

平成二十八年二月

荒《あら》磯《いそ》の丘に風車はたちならぶ雪の荒《あれ》野《の》の淋しき夕暮

平成二十八年二月

急坂《きゅうはん》をのぼり着きたる広場には海にむかひて地《じ》ざう尊《そん》あり

平成二十八年二月

寒あけの雨はやさしく街路樹の幹を明るき色にかへゆく

平成二十八年二月

鬼《おに》やらふ社《やしろ》の庭に息災《そくさい》の豆のあたるを願ひて立ちぬ

平成二十八年二月

申年《さるどし》の赤き沓下贈られて抱《いだ》きねむれば咳のやさしき

平成二十八年二月

春雷は遙か原野の果てに落ち萱《かや》の葉ずれの音あたたかき

平成二十八年三月

松風《まつかぜ》に雪滑る音谷沿ひの出湯《いでゆ》の夜に鹿の鳴く聞く

平成二十八年三月

合格のメールのありて先《ま》づ一献《いっこん》祝はれるものまだ帰り来《こ》ず

平成二十八年三月

ひばの木に添はせ囲ひし連翹《れんぎょう》は寒の嵐に耐へて芽吹きぬ

平成二十八年三月

暖かき陽ざしはうらら誘はれて辛夷《こぶし》の杜《もり》を雪踏みてゆく

平成二十八年三月

誰《た》が撒《ま》くか庭に舞ひ来て豆拾ひ工場《こうば》の軒に鳩は並びぬ

平成二十八年四月

渡り来て一本足で洲に立てる鷺《さぎ》にやさしく春の風吹く

平成二十八年四月

群の吐く息は真白く雲に似て羊は凍てつく坂をのぼりぬ

平成二十八年四月

仔羊は倖《しあわせ》いつぱいなき交《か》ひて牧場《まきば》の親より高く競り跳ぶ

平成二十八年四月

春の風大きく吸ひて羊なく杜《もり》にこだまし澄みてかへり来《く》

平成二十八年四月

生まれきて初の試練ぞ尾を切られ鏝《こて》あてられて仔羊走るも

平成二十八年四月

仔羊は短き角をあて合ひて互ひのよろこびわかち合ひせむ

平成二十八年四月

軒までも伸びて黄色に咲き誇る連翹《れんぎょう》の枝《え》に小鳥来《き》鳴くも

平成二十八年五月

春雷《しゅんらい》は暖かき雨運び来て梅の蕾《つぼみ》は綻《ほころ》び初めむ

平成二十八年五月

田と同じ高さに水を湛《たた》へたる雪解けの大川《おおかわ》音なく流る

平成二十八年五月

あをちどり植ゑたる庭に猫来るを防がむとして枯芝を敷く

平成二十八年五月

花吹雪《ふぶ》く社《やしろ》の杜《もり》は夕暮れて宴《うたげ》のあとの人は散りゆく

平成二十八年五月

六月の桜は藍《あい》のつぶらなる実を光らせて青葉はそよぐ

平成二十八年五月

早苗《さなえ》植うる機械の音の止みたれば蛙水の面《も》泳ぐが見ゆる

平成二十八年五月

住む人のなき深草の庭なれど白百合は咲く涼風《すずかぜ》にゆれ

平成二十八年五月

群なして立葵《たちあおい》の株襲ひ来て亀虫は若葉を食べ盡《つく》して去りぬ

平成二十八年五月

艶やかな黄緑の中紫のつつじは高く咲き誇りたり

平成二十八年五月

真鯉の尾窓打つ程に近く舞ひ矢車の音さやかに鳴りぬ

平成二十八年五月

湿原の鐘ははるかにこだまして疾《と》く吹く風にきりは流るる

平成二十八年六月

あたたかき光に醒《さ》めて黄に開く立金花《りゅうきんか》の谷瀬音《せおと》やさしき

平成二十八年六月

湿原の細き流れに沿ひて咲く立金《りゅうきん》花《か》は黄の鮮やかな朝

平成二十八年七月

新しき公園の植樹根づきたりはや小鳥来てねぐらとするらし

平成二十八年七月

月朧《おぼ》ろリラの花咲き香る道シャンソン歌ひて行く人にあふ

平成二十八年七月

どくだみを軒に吊りたる隣から老いし二人の明るき声する

平成二十八年七月

夏木立暑き日蔭の細き道忘れられたる麦わら帽子

平成二十八年七月

霧流れ釣人岸に浮かび出て水鳥淵《ふち》に羽《は》づくろふ見ゆ

平成二十八年八月

人絶えて子連《こづれ》の鹿は急ぎゆく古潭《こたん》の白き橋は夕暮

平成二十八年八月

峡谷をのぼりて網にかかりたる八つ目鰻は宙を舞ひたり

平成二十八年八月

湿原の小道に沿ひてひそと咲くたち擬宝珠《ぎぼうし》に秋の風吹く

平成二十八年八月

海の見ゆる丘に墓所をと願ひしに山深き寺に義兄《あに》はねむりぬ

平成二十八年八月

高速道闇にライトがひとつ見えわれを追ひ抜き丘に消えたり

平成二十八年九月

地を覆ふ苔木洩陽に光る午後山蟻は引越し卵を運ぶも

平成二十八年九月

土用波《どようなみ》岩に砕けて白きあわ高くあがりて鷗《かもめ》は鳴くも

平成二十八年十月

野の草も小さき実つけて枯葉色雀群れ飛ぶ霜深き朝

平成二十八年十月

広場には南瓜積みたる貨車ならび明日はハロウィン宵《よい》のにぎはひ

平成二十八年十一月

華やかに装ふ人の集まりてホールはにぎやか大安吉日

平成二十八年十二月

突然の寒波と雪に見舞はれて冬囲ひせぬ木《こ》の間をリスは走りぬ

平成二十八年十二月

第二章　朝の丘

平成二十九年〜令和一年

日の射して氷の下の総藻《ふさも》伸び小魚《こうお》も泳ぎ水底《みずぞこ》は春

平成二十九年一月

堆《うずたか》く雪は積もりてせまき道人と車で混みあふ朝《あした》

平成二十九年一月

樹の霜のとける音して静かなる杜《もり》の朝《あした》にかけすは叫ぶも

平成二十九年一月

雪の上に残りてたてる萱《かや》の穂《ほ》を野ねずみは折りて運びてゆきぬ

平成二十九年一月

立春の穏やかに過ぐる昼下り雷は遠く光りて落ちたり

平成二十九年二月

ねこ柳《やなぎ》抱へて坐る雪だるま炭の眼鼻で可愛く笑ひぬ

平成二十九年二月

新雪に照る陽はまぶし白樺の山は雪どけ兎《うさぎ》は跳びぬ

平成二十九年三月

雪どけの泥水かけあひ車ゆくワイパー忙《せわ》しく動かしながら

平成二十九年三月

ビルの下急ぐ雨傘とりどりに明るき色で長ぐつも春

平成二十九年四月

峠より湧き出る雲は春の色芽吹きの楡《にれ》に雨はやさしき

平成二十九年四月

迸《ほとばし》る露うけ岩場の立金花《りゅうきんか》黄に咲く葉蔭に蛙は休みぬ

平成二十九年五月

雪残る山脈《やまなみ》に沿ひ天塩川《てしおがわ》春の水湛《たた》へて湿原に入《はい》る

平成二十九年五月

微《そよ》風《かぜ》に音たて朴《ほお》の花ゆるる甘き香りを放ちて白し

平成二十九年六月

うの花の香れる庭におぼつかな巣立つ子いとしと雀はなくも

平成二十九年六月

大道芸しぐさをかしと集ふ人涙ふきふきたかく笑ひぬ

平成二十九年七月

麦の穂のふれ合ふそよぎ空高く囀《さえず》るひばりに和《わ》して涼しき

平成二十九年七月

垣に添ひ高く繁りてさはやかな緑の花つけホップはそよぐ

平成二十九年八月

湿原の木の道遠く続きをり行けども行けども風の葦叢《あしむら》

平成二十九年八月

蟬しぐれ青葉の杜《もり》の細き道しげみを縫ひてあげはは飛びぬ

平成二十九年九月

葡萄積み車が通り残り香のただよふ坂を鹿は走りぬ

平成二十九年九月

葡萄棚に冷たき秋を運び来てむらさきの房をゆする西風《にしかぜ》

平成二十九年九月

わくら葉は浮きつ沈みつ流れゆく緋鯉《ひごい》のおよぐ朝の水路を

平成二十九年九月

台風の予報のありてつかのまのしじまの路地を猫は走りぬ

平成二十九年九月

野《や》草《そう》園《えん》秋深き道のつるにんじんほのと香りて花は開きぬ

平成二十九年九月

見返草《みかえりそう》あるかなきかの花つきて露晴れし朝こほろぎ鳴くも

平成二十九年九月

落葉搔《か》き木の実拾ひて秋のりす啄《け》木鳥《ら》の彫りたる洞《ほら》に走りぬ

平成二十九年十月

たもの木に添ひて梢に紅葉《もみじ》する蔦の葉夕日に映えて光るも

平成二十九年十月

きはだちて紅く染まりし蔦の葉は夕日の丘の風にさやぐも

平成二十九年十一月

音さやか山おろし吹く朝の田に渡り鳥きて落穂《おちぼ》を拾ふも

平成二十九年十一月

霜月の雪降る中をきつね来《き》ぬ家まばらなる郊外の道

平成二十九年十二月

秋蒔きの小麦は緑霜柱立つ風の丘若葉はいとし

平成二十九年十二月

インコにもクリスマスあり鏡つきの玩具《おもちゃ》の算盤《そろばん》贈られて来《き》ぬ

平成二十九年十二月

吹雪晴れ雑木林の果てにある湿原の鐘の鳴るがきこゆる

平成三十年一月

新雪は踏み固められ小《ち》さき火の灯りて広場は雪祭り近き

平成三十年二月

氷像のきらめきは一日巧みなる細工を捥《もぎ》りて地吹雪は去りぬ

平成三十年二月

春を待つ祭りはバーサーロペットジャパンスキー日和の杜《もり》のにぎはひ

平成三十年三月

新しき車に酔ひしモーターショーミニカー一台求めて帰りぬ

平成三十年三月

白樺の若き一群《ひとむら》色映えて雪解けの杜《もり》に南風吹く

平成三十年四月

大漁の旗たて港に船帰る待つは人よりかもめの多き

平成三十年四月

北こぶし蕾《つぼみ》大きくふくらみぬ五月《さつき》の森は雪まだ深き

平成三十年五月

老いの身も健やかなれと贈られしリネンの帽子で森を歩みぬ

平成三十年五月

谷沿ひの小さき道にすみれ咲き春蟬は林にやさしくなくも

平成三十年六月

庭の隅座る人なき長椅子に植木鉢ひとつ春風の吹く

平成三十年六月

夕日さす軒に吊りたるどくだみは色やはらかに移りてゆきぬ

平成三十年七月

雨あとに撒かれし茶殻をついばみて木の下枝に雀はならぶも

平成三十年七月

黄金《こがね》なる麦の穂ゆるる朝の丘ひばりは畝《うね》の間急ぎてゆきぬ

平成三十年八月

ズッキーニ一番採りは母のもの禊萩《みそはぎ》と共に閼伽棚《あかだな》におきぬ

平成三十年八月

湯の宿は石原にあり海鳴《うみな》りに江差追分《えさしおいわけ》紛れてきこゆ

平成三十年九月

台風の雲走りゆく破《や》れ間《ま》より入道雲高く伸びゆくが見ゆ

平成三十年九月

嵯峨菊《さがぎく》は霜除け棚に収《おさま》りて秋の終りの夕日に映ゆる

平成三十年十月

冬近き知らせは朝の霜柱枯れた尾花は音たて揺るるも

平成三十年十月

小走りで落葉踏む音遠のきて秋深き山道静かな真昼

平成三十年十一月

雪の香《か》をほのと含みて吹く風は樺の梢を揺らして過ぎぬ

平成三十年十一月

訪づれし友亡き部屋に野の花は楚楚《そそ》と香りて秋は深まる

平成三十年十一月

ジェット機の後に伸びゆく白き雲秋の青空切りてゆきたり

平成三十年十二月

仙蓼《せんりょう》の赤極《きわ》まりて初日影ひと時満ちて籠の鳥鳴く

平成三十一年一月

晦日《つごもり》の雪降る夜はストーブの上で薬罐《やかん》の鳴るを聞きをり

平成三十一年一月

如月《きさらぎ》の氷らぬ淵《ふち》に集まりて水鳥泳ぐを狐は見てをり

平成三十一年二月

福豆を噛むにはゆるき入歯なり九十二粒と唱へて置かれぬ

平成三十一年二月

陽だまりのぬくもりに似ておだやかな雪の降る夜にうた思ひをり

平成三十一年三月

夜の雪雨にかはりて森静か寒さ緩みて山鳩《やまばと》鳴くも

平成三十一年三月

雪解けの田に降り立ちて白鳥の群は鳴き交ひ落穂《おちぼ》を拾ふも

平成三十一年四月

萬葉の心を思ひ選ばれし令和の年の平和を願ひぬ

平成三十一年四月

狭き地に余る程苗買ひ求め思案にくれて一日悩みぬ

令和一年五月

隧道《とんねる》を越えたる里に桜咲くと訪れし杜《もり》には春蟬鳴くも

令和一年五月

暑き日をひとしきり鳴きひぐらしは枯枝を抱《いだ》きて風にゆるるも

令和一年六月

すぐり菜の香りは甘く卓に満ち朝食はひとりゆつくり終りぬ

令和一年六月

まるき背を水に映して菜を洗ふ老女の水場に菖蒲《しょうぶ》は咲きぬ

令和一年七月

窓際に飛び来《き》羽裏を光らせてかもめはウトロの沖に消えたり

令和一年七月

秋来《き》ぬとこほろぎ芝に出でてなく打水終へて庭は涼しき

令和一年八月

見上げてる明るき笑顔新しき大きな花火はまたたき消えぬ

令和一年八月

母子草《ははこぐさ》香りて山の細き道朽ちたる椅子に木洩陽やさし

令和一年九月

河川敷葦雀《よしきり》の子は巣立ちたり二百十日《にひゃくとおか》の嵐の前に

令和一年九月

籠いつぱい紫苑《しおん》を囲みて秋の花窓辺にありてひきたて合ひぬ

令和一年十月

冬越しの時と掘られて秋海棠《しゅうかいどう》縁に並びて秋の日浴びぬ

令和一年十月

ボンネットに初雪積みて走りゆくワゴン車の宅配南瓜は重き

令和一年十一月

夕暮の軒《のき》にさがりて大根は甘く香りて雪虫のとぶ

令和一年十一月

初雪の師走の庭に白く咲く小菊は霜除け棚に残りて

令和一年十二月

レモン切り茶にひとしづく匂《にお》ひたつ朝餉《あさげ》のパンは焼けて香ばし

令和一年十二月

第三章

雪深き道

令和二年〜三年

落ちきらぬ栗の葉蔭の枝《え》につどひ小鳥はつかの間陽を浴び鳴くも

令和二年一月

古き絵を替へたる壁は侘《わび》しくて五日《いつか》がたちてもとにもどせり

令和二年一月

防風林雪深く積む峠道《とうげみち》北へと車は急ぎて行きぬ

令和二年二月

雪の降る街をとうたひて二月《きさらぎ》の見本林行く群の明るき

令和二年二月

歳なれど新型コロナに打克つと歩く三月森まだ寒き

令和二年三月

雛の花終りし器に水をたせば細き枝にも桃の葉は伸びぬ

令和二年三月

報道はみな新型コロナウイルス空しき想ひのメールが届きぬ

令和二年四月

新型のコロナウイルスでかまびすし花の季節も胸ときめかず

令和二年四月

シベリアへ渡りの白鳥雪解けの田におりたちて落穂《おちぼ》を拾ふも

令和二年五月

新型のコロナウイルス巣ごもりて気づけば五月《さつき》桜も終りぬ

令和二年五月

四十雀《しじゅうから》庭の繁みに子育てし牡丹の咲く朝巣立ちてゆきぬ

令和二年六月

植ゑもせぬホップが生垣のぼりたり白き花房たわわにさぐる

令和二年六月

夏椿《なつつばき》花がら拾ひであわただし一日の花は街路に落ちて

令和二年七月

道《どう》央《おう》道《どう》トンネル多き杜《もり》を過ぎ街の灯《あかり》の見えて安けき

令和二年七月

コロナ禍や熱中症に気を使ひ巣ごもりで育てし青菜も伸びぬ

令和二年八月

人はみななりはひ措《お》きて夏は過ぎこほろぎの鳴く秋の日暮れゆく

令和二年八月

白き犬おしやれな色の浴衣着て土手の夕がた引かれてゆきぬ

令和二年九月

さはやかな風に揺られて茅原《かやはら》の音にあはせてこほろぎ鳴くも

令和二年九月

庭は秋深まり夢のブドウの実琥珀に光りて棚にさがりぬ

令和二年十月

葉と花のそれとわからぬ見返草《みかえりそう》名残りの虫が蜜吸ひてをり

令和二年十月

初雪にダウンコートの襟たてて落葉踏みゆく音の明るき

令和二年十一月

冬囲ひ終へたる庭に雪静か啄木鳥《きつつき》木を打つ音のきこゆる

令和二年十一月

大きめの靴を買ひたり沓下を二重にはきて雪道に出ぬ

令和二年十二月

冬木立公園の杜《もり》に囚《とら》はれし狼吠えて月の明るき

令和二年十二月

頬染めて新聞の束配りゆく元旦の二時雪《ゆき》吹《ふ》く少年に

令和三年一月

夕食のどんぶり重く思ふときしわの手なでて席につきたり

令和三年一月

きさらぎの冷たき月の野は遙か雪深き道を鹿は走りぬ

令和三年二月

冬木立夕映えの丘コロナ禍に克《か》たむと走るマスクの人あり

令和三年二月

雷雲は去りて三月《さんがつ》空は青虹もかかりて春分は来《き》ぬ

令和三年三月

新コロナマスクも若さの化粧のひとつ黒青赤の顔が街ゆく

令和三年三月

春風にやさしく揺れて川柳芽吹きの土手にせきれいが走る

令和三年四月

山桜囲ひなくとも冬を耐へ芽はふくらみて今さかむとす

令和三年四月

五月晴《さつきばれ》九十四歳誕生日更衣《ころもがえ》しぬ朝餉《あさげ》はさやけき

令和三年五月

五月晴神楽《かぐら》の杜《もり》はあさみどり小鳥で賑はひりすは走りぬ

令和三年五月

落ちる陽を追ひて夕月《ゆうづき》淡くして北へ飛びゆく鳥の影見ゆ

令和三年六月

並木道青葉やさしく香る朝垣にもたれてやまぶき咲きぬ

令和三年六月

織姫の別れの涙か短冊の少しにじみて蛙の鳴くも

令和三年七月

雨の日はあざやかさ増し紫陽花は庭の王者と輝き咲くも

令和三年七月

夏草の繁れる園にささゆりはつつましく咲き野の鳥鳴くも

令和三年八月

暑き日を水場に出で鳴くこほろぎを一晩だけと虫籠にいれぬ

令和三年八月

せきれいは秋風の吹く渓《たに》に来てかげろふ追ひて休まず過ごすも

令和二年九月

蜘蛛の巣にかかりてもがき疲れたる赤とんぼは夕日の茜に染まりぬ

令和三年九月

雀群れて草稗《くさびえ》の実を拾ふ野に秋風はやさし朝の日受けて

令和三年十月

日が落ちて遠き山の端茜してドクターヘリは火灯してゆく

令和三年十月

残り咲く白菊洗ふ秋の雨雪に変りてほのあたたかき

令和三年十一月

峠越え蟹蒸す香ただよひて過ぎし日と同じ浜に出でたり

令和三年十一月

新雪の積もる白樺林を過ぎて出で湯に煙る宿につきたり

令和三年十二月

新しき年のよきこと願ひつつ注連飾《しめかざり》を選びぬ師走の市に

令和三年十二月

あとがき

八十歳を過ぎてから始めた短歌の世界。自然が好きで、庭の植物を中心に四季のうつろいを短歌に托して残してきました。

頭の中は、いつも動植物のありようで過ぎてきましたが、それらを書き留めた中から選びだしたものがこの歌集です。

日頃ごぶさたばかりの皆さんに、お詫びとして読んでいただければしあわせです。

令和四年一月

東　幸盛

著者略歴

東　幸盛（あずま・ゆきもり）

昭和２年　北海道生まれ
平成22年　83歳より短歌を始める
北海道アララギ・旭川アララギ短歌会会員

現住所　〒070-0824　北海道旭川市錦町13丁目2970

歌集　木洩陽（下）　こもれび

二〇二二年八月八日　初版発行

著　者――東　幸盛
発行人――山岡喜美子
発行所――ふらんす堂
〒182-0002 東京都調布市仙川町一―一五―三八―二F
電　話――〇三（三三二六）九〇六一　FAX〇三（三三二六）六九一九
ホームページ http://furansudo.com/　E-mail info@furansudo.com
振　替――〇〇一七〇―一―一八四一七三
装　幀――君嶋真理子
印刷所――明誠企画㈱
製本所――㈱松岳社
定　価――本体三〇〇〇円＋税
ISBN978-4-7814-1459-1 C0092 ¥3000E